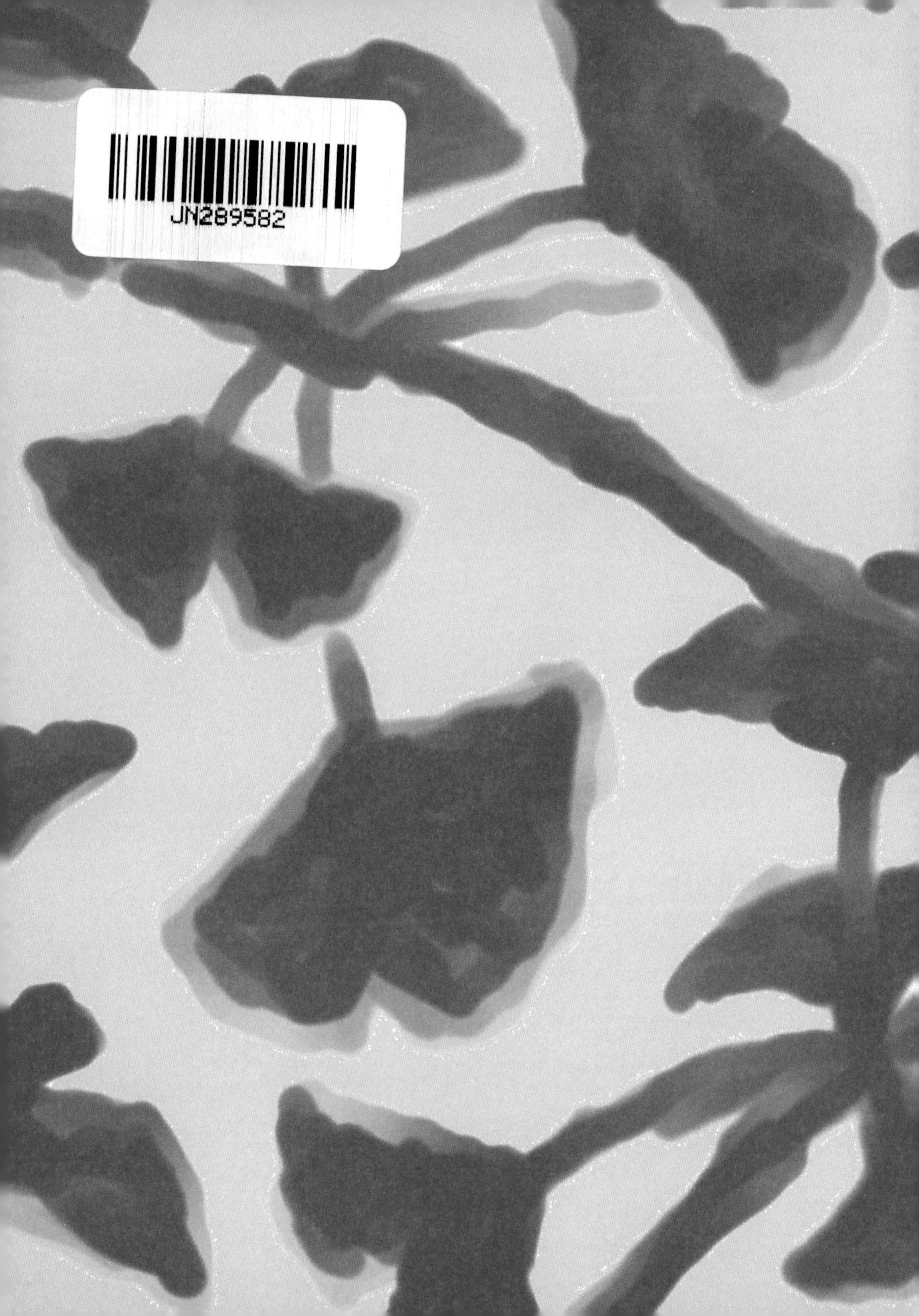

小さな小さな海

岩瀬成子・作　長谷川集平・絵

理論社

どうしてそうなのかわかりません。どうしてそうなのかわからないけれど、よしろうはとにかく水《みず》がきらいなのです。

よしろうは、ほかのことならなんだってできます。ボールなげも、なわとびも、てつぼうも、かけっこも、サッカーのクラブにだって入《はい》っています。なのに、水《みず》だけはいやなのです。よしろうは泳《およ》ぐどころか、プールに入《はい》るのだっていやなのです。

今日《きょう》は学校《がっこう》で水泳《すいえい》がある日《ひ》です。

朝《あさ》からおなかがしくしくいたくなりました。でも、よしろうはそのことはお母《かあ》さんにはいいません。お母《かあ》さんは、朝《あさ》ごはんを食《た》べているよしろうの顔《かお》をしんぱいそうに見《み》ているのです。よしろうが、「水泳《すいえい》があるから、学校《がっこう》には行《い》きたくない」といいだしはしないかと、しんぱいしているのです。

やっとのことでごはんを食《た》べおえると、海水《かいすい》パンツの入《はい》った手《て》さげをもってよしろうは家《いえ》を出《で》ました。気《き》もちがどんどん重《おも》くなっていきます。

のろのろ歩《ある》いてチャイムがなるまぎわに学校《がっこう》につきました。

一時間目《じかんめ》のさんすうの時間《じかん》、おなかはいよいよいたくなりました。体育《たいいく》は二時間目《じかんめ》です。

「どうしたの？」と、顔《かお》をしかめているよしろうに気《き》づいて先生《せんせい》がたずねました。

「おなかがいたいんです」と、かのなくような声《こえ》でよしろうはこたえました。

「そう。保健室《ほけんしつ》に行《い》ったほうがいいかな。ひとりで行《い》ける？」

だれかがうしろのほうで、ひっとわらいました。

「水泳《すいえい》があるからだよ」という声《こえ》も聞《き》こえます。そうなのです。水泳《すいえい》がある日《ひ》は、学校《がっこう》に来《く》ることはできても、水泳《すいえい》の時間《じかん》がちかづくと、きまっておなかがいたくなって保健室《ほけんしつ》に行《い》くことになるのです。

よしろうはのろのろと保健室《ほけんしつ》にむかいました。

保健室《ほけんしつ》の先生《せんせい》はにっこりわらって、よしろうをむかえ入《い》れてくれました。

「おなかがいたいの？　じゃあちょっと、ねてておうかな」と、やさしくいって、カーテンでかこまれ

たベッドに、よしろうをつれていってくれました。

白《しろ》いカバーのかかった毛布《もうふ》の下《した》でねていると、重《おも》い病気《びょうき》にかかったような気《き》がします。上《うえ》をむいてじっとねていると、二階《かい》の教室《きょうしつ》でいすをかたかたうごかす音《おと》、子《こ》どもたちの声《こえ》、先生《せんせい》の声《こえ》も聞《き》こえてきます。それからはじけるようなわらい声《ごえ》が聞《き》こえました。よしろうはぎゅっと目《め》をとじました。まるで、泳《およ》げない自分《じぶん》がわらわれているような気《き》がしました。

ふいにカーテンがひらきました。

「こっちのベッドにねてちょうだいね」

そう先生《せんせい》にいわれて入《はい》ってきたのは、ひょろりとやせた男《おとこ》の子《こ》でした。

「こうじくんは頭《あたま》がいたいんですって。こうじくんは三年生《ねんせい》よ。こうじくん、よしろうくんは二年生《ねんせい》。なかよくしてね」と先生《せんせい》はふたりにいって、カーテンをとざしました。

こうじくんはちらりとよしろうを見《み》て、ふっと小《ちい》さくわらいました。

こうじくんはベッドに横《よこ》にならず、まっすぐ窓《まど》のところへ行《い》くと、カーテンをそっとあけ、そこから運動《うんどう》場《じょう》をながめました。

よしろうもベッドからおりると、こうじくんのそばに立《た》って、カーテンのすきまから外《そと》を見《み》ました。運動《うんどう》場《じょう》ではどこかのクラスがなわとびをしています。

「一、二、三、四……」

口《くち》ぐちに数《かず》をかぞえながらとんでいます。なかには足《あし》にロープをひっかける子《こ》もいますが、すぐにまた、「一、二、三……」とはじめます。みんな楽《たの》しそうです。ロープを足《あし》にひっかけたままわらいころげている子《こ》もいます。

こうじくんはじっとそのようすを見《み》つめていました。運動場《うんどうじょう》はまぶしい光《ひかり》にあふれています。とおくのプールからは子《こ》どもたちのはしゃぐ声《こえ》が聞《き》こえてきます。

「ね、きみも、なわとび、できるの？」と、こうじくんがよしろうに聞《き》きました。

「できるよ」と、よしろうはこたえました。

「むずかしいんだろ」

「かんたんだよ」

「そんなにかんたんなら、ぼくにおしえてくれよ」

そういって、こうじくんは、また運動場《うんどうじょう》に目《め》をやりました。なわとびをしているのは、あれは三年生《ねんせい》のこうじくんのクラスなんだ、とよしろうはおもいました。

こうじくんももしかすると、よしろうとおなじように、体育《たいいく》の時間《じかん》がくると頭《あたま》がいたくなるのかもしれない、そうおもいました。

「とべるようになるよ、きっと」と、よしろうはいいました。「ぼく、おしえてあげるよ」ほこらしい気《き》もちでそういいました。


学校《がっこう》のかえり道《みち》、よしろうはこうじくんをみつけました。

「ね、なわとび、しようよ」

よしろうはこうじくんをすぐそばのじどう公園《こうえん》にさそいました。

公園《こうえん》に入《はい》っていくと、こうじくんはきんちょうした顔《かお》で、手《て》さげからなわとびのひもをとりだしました。

まあたらしいひもです。よしろうはランドセルをおろすと、こうじくんの手《て》からひもを受《う》けとりました。

「いい。じゃあ、とぶよ」

よしろうは両手《りょうて》でひもをもつと、ぐるっとまわしてぴょんととびました。また、ぐるっとまわしてぴょん。何度《なんど》でもとべます。

「ね、かんたんだろ」

ひもをわたしながら、よしろうはいいました。

「かんたんじゃないよ」

そういってこうじくんは、ひもをぐるんとまわして、ぴょんととびました。またぐるんとまわしてぴょん。それから三度目《どめ》にぐるんとまわしてとぼうとすると、ひもが足《あし》にひっかかりました。

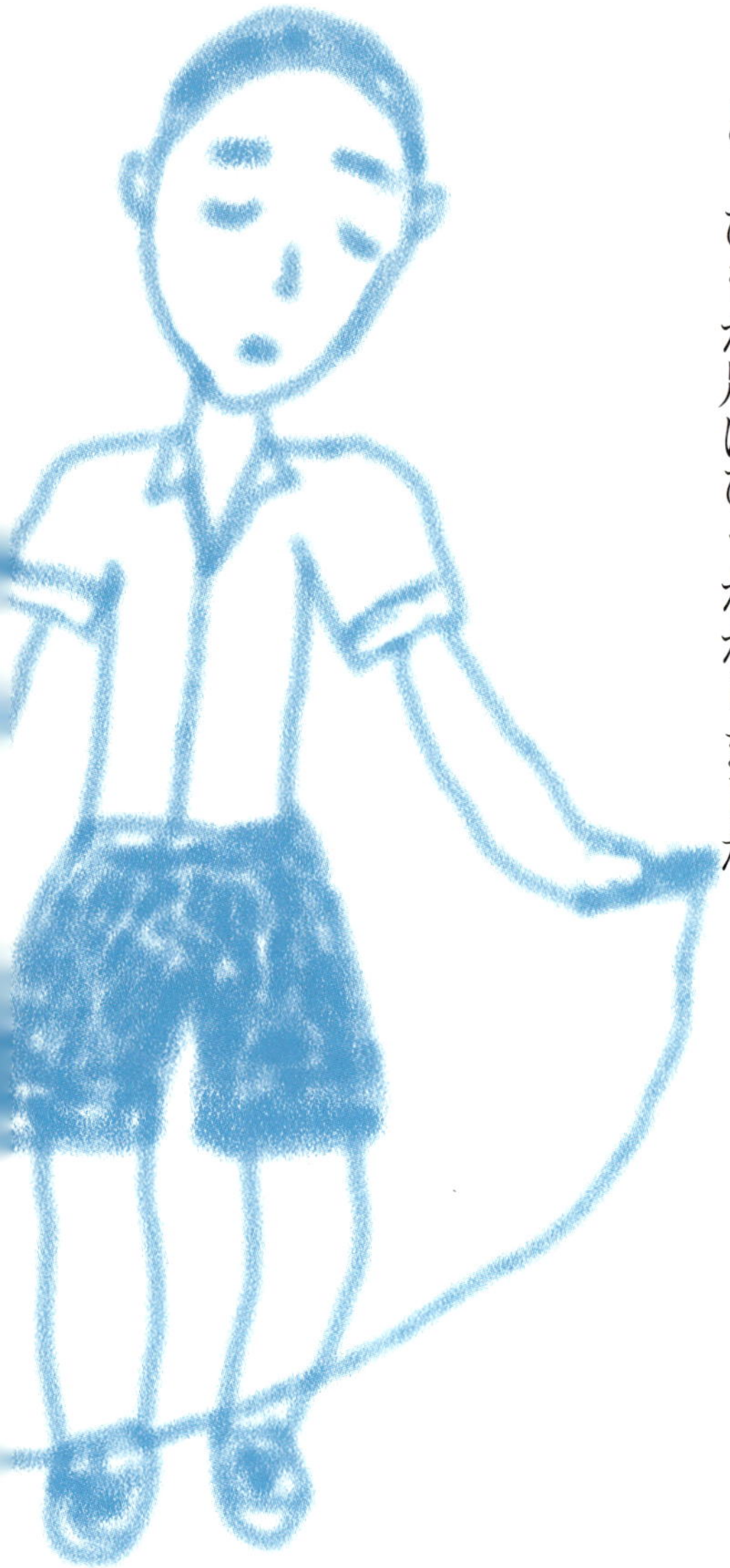

ひものまわし方《かた》がどうもへんです。よしろうはもう一度《いちど》ひものまわし方《かた》を見《み》せました。手首《てくび》をつかってひもをすばやくぎゅんとまわすのです。

こうじくんは何度《なんど》も何度《なんど》もやりました。足《あし》にひもが何度《なんど》ひっかかってもあきらめないで、ひもをぎゅんとまわしてはぴょんととびます。

やがて、五回《かい》つづけてとべるようになりました。そのつぎには六回《かい》。

「そのちょうし、そのちょうし」

よしろうはうれしくなってさけびました。

こうじくんは公園《こうえん》のなかをなわとびしながらまわりはじめました。よしろうはついて走《はし》りました。とちゅう、足《あし》にひもがひっかかってもこうじくんはやめずに、なわとびをつづけました。

二周《しゅう》まわってこうじくんは立《た》ちどまりました。それからにっとわらって「できたね」と、うれしそうにいいました。

きょうはまた水泳《すいえい》がある日《ひ》です。それも一時間目《じかんめ》です。朝《あさ》おきて服《ふく》を着《き》がえながらそのことをおもっただけで、もうよしろうのおなかはしくしくといたみはじめました。のろのろと台所《だいどころ》へ行《い》って、のろのろと朝《あさ》ごはんを食《た》べはじめました。

お母《かあ》さんはだまって、じっとよしろうを見《み》つめています。お母《かあ》さんは、よしろうにせめてプールの中《なか》に入《はい》ってほしいと思《おも》っているのです。

このまえ体育《たいいく》のあった日《ひ》、学校《がっこう》から帰《かえ》るとおかあさんはすぐによしろうの手《て》さげの中《なか》をたしかめました。そして、「きょうもプールに入《はい》らなかったのね。海水《かいすい》パンツがぬれていないもの」と、いいました。

よしろうはだまっていました。なんといったらいいかわからなかったからです。プールのことをいわれただけで、胸《むね》がもやもやとしてくるのです。

「泳《およ》がなくてもいいから、みんなといっしょにプールにいって、まずプールの中《なか》に入《はい》ってごらん。水《みず》になれなくちゃ、いつまでたっても泳《およ》げないわよ。もう二年《ねん》生《せい》なんだから、いやなことからにげてちゃだめよ」

そうもおかあさんはいいました。

そのことをおもいだしただけで、よしろうの胸《むね》はもうどきどきしはじめました。ごはんもなんだかのどをとおりません。

おかあさんはなにもいわずに、よしろうのはしの動《うご》きをじっと見《み》つめているだけです。よしろうのおながぎりりといたみました。

よしろうはとうとうごはんをのこしてしまいました。

おかあさんは小《ちい》さなためいきをひとつつきました。

よしろうは海水《かいすい》パンツの入《はい》った手《て》さげをもって家《いえ》を出《で》ました。

学校《がっこう》へむかう足《あし》は重《おも》く、よしろうはのろのろとのろのろと歩《ある》きました。ほんとうはきょうは学校《がっこう》へなんか行《い》きたくないのです。家《いえ》のふとんの中《なか》でじっとかくれていたいのです。水泳《すいえい》なんてだいきらいなのです。

学校《がっこう》についてみると、朝《あさ》の会《かい》はもうおわっていました。ちこくでした。みんなはもう水着《みずぎ》に着《き》がえはじめています。それを見《み》ると、とたんに、よしろうのおなかはぎゅっといたくなりました。

「よしろうくんは、きょうはどっち？　プール？　それとも保健室《ほけんしつ》？」

だれかが聞《き》きました。

よしろうはこたえることもできなくて、そっと教室《きょうしつ》を出《で》ると、保健室《ほけんしつ》にむかいました。なんだか、自分《じぶん》だけが悪《わる》い子《こ》になったような、そんなかなしい気《き》もちです。

保健室《ほけんしつ》に行《い》くと、先生《せんせい》はいつものようにやさしくむかえ入《い》れてくれました。

「おなかがいたいんです」

「わかったわ。さあ、じゃあ、しずかにねててください」

水泳《すいえい》の時間《じかん》がくるとおなかがいたくなることを先生《せんせい》は知《し》っていて、だからなにもいわずに休《やす》ませてくれるのです。

カーテンをあけると、なんとそこには、こうじくんがいました。

こうじくんはてれくさそうにわらって、

「やあ」といいました。

「おす」と、よしろうもへんじしました。

「頭《あたま》がいたいの？」と、よしろうがたずねると、こうじくんは「うん」と、うなずきました。

頭《あたま》がいたいのに、こうじくんはベッドに横《よこ》にならずに、このまえとおなじように、窓《まど》のそばに立《た》って、運《うん》動場《どうじょう》をながめていました。

よしろうもそばにいって、カーテンのすきまから運《うん》動場《どうじょう》を見《み》ました。おなかはまだしくしくといたんでいます。

運動場《うんどうじょう》では、子《こ》どもたちがかけっこをしています。きっとこうじくんのクラスです。

ピストルのかわりに笛《ふえ》をつかって「よーい、どん」をやっています。四人《にん》の子《こ》が一列《れつ》にならんで、先生《せんせい》の笛《ふえ》をあいずに、ぱっととび出《だ》していきます。どの子《こ》もけんめいにはしっていきます。

「きみ、はしるの、とくい？」と、こうじくんがよしろうにたずねました。

「はしるのはすきだよ」と、よしろうはこたえました。

「ね、どうやったら、はしるのがすきになるの？　ぼくね、『よーい』っていわれたら、それだけでもう胸《むね》がどきどきするんだよ」

「かんたんだよ。おしえてあげるよ」

よしろうはほこらしい気《き》もちでそういいました。

それからふたりはベッドに横《よこ》になりました。よしろうのおなかはもうそんなにいたくありませんでした。

かえり道《みち》、よしろうとこうじくんはじどう公園《こうえん》によりました。

ランドセルをおろすと、「おいかけっこをしよう」と、よしろうはいいました。

「ぼくが五かぞえるから、そのあいだににげて。五かぞえたらおいかけるからね」

「わかった」

こうじくんもランドセルをおろしました。

「じゃあ、かぞえるよ。一、二、三、四、五」

こうじくんは公園《こうえん》のはしのほうまでにげていきました。

「いくよ」

よしろうは、こうじくんにむかってびゅうっとはしっていきました。こうじくんは、よしろうのいきおいにおどろいたのか、にげださずにうろうろするばかりです。すぐに、よしろうにつかまってしまいました。

「にげなきゃだめだよ。オニをよけながらはしるんだよ。もう一回《かい》」

また、よしろうは数《かず》をかぞえました。こうじくんは公園《こうえん》のはんたいのはしにむかってにげていきます。

「いくよ」

よしろうはまたまっしぐらに、こうじくんめざしてはしりました。

こうじくんは、いちょうの木《き》のまわりをぐるぐるとまわってにげます。それからぱっと木《き》のそばをはなれると、すべり台《だい》のほうへむかいます。すべり台《だい》のまわりをぐるぐるまわって、そこでよしろうにつかまりました。

こうじくんは声《こえ》をたててわらっていました。

「あー、おもしろかった。にげるのっておもしろいねえ」

「こんどは、こうじくんがおいかけるばんだよ」と、よしろうはいいました。

こうじくんは息《いき》をはずませながらまだわらっています。

「にげるよ」

つられてわらいだしながら、よしろうはいいました。

「一、二、三、四、五。よおし」

こうじくんがおいかけてきます。よしろうは右《みぎ》にはしったり左《ひだり》にはしったりしてにげます。すべり台《だい》にのぼって、しゅうっとすべり、それからまたにげます。

こうじくんもあきらめずにおいかけてきます。こうじくんはしんけんな顔《かお》になって、ひっしにはしってきます。

いちょうの木《き》のまわりをぐるぐるまわって、それから、にげだそうとしたとき、石《いし》につまずいて、よしろうはころんでしまいました。

「つーかまえたあ」

こうじくんは、よしろうのうでをぎゅっとつかみました。はあはあいいながら、こうじくんはわらいだしました。

「まいった」

よしろうもわらいました。

「ああ、おもしろかった」

こうじくんもよしろうのそばにこしをおろしました。

「こうじくんは、もうかけっこなんてへっちゃらだよ」と、よしろうはいいました。

「うん」

こうじくんはあかるい顔《かお》でうなずき、それから「ねえ、よしろうくんはどうしていつも保健室《ほけんしつ》にいるの?」と、たずねました。

よしろうは、水泳《すいえい》がにがてなことをはなしました。水泳《すいえい》がある日《ひ》はきまっておなかがいたくなることもはなしました。

「そう。水泳《すいえい》がにがてなの。そうだ、いいことがあるよ。ね、うちにこない？」と、こうじくんはよしろうをさそいました。

「これから？」

「そう、これから」と、こうじくんはうなずきました。

こうじくんの家《いえ》は庭木《にわき》がうっそうとしげる、古《ふる》い大《おお》きい家《いえ》でした。

「こっちだよ」

こうじくんにつれられて庭木《にわき》のあいだをとおって玄《げん》関《かん》に入《はい》りました。玄関《げんかん》は昼間《ひるま》なのにうす暗《ぐら》く、家《いえ》の中《なか》は、しんとしずまりかえっています。

「こっちだよ」

こうじくんはよしろうを二階《かい》につれていきました。長《なが》いろうかがあって、その先《さき》にまた小《ちい》さな階段《かいだん》がありました。

「こっちだよ」

こうじくんは「こっちだよ」としかいいません。だまってその階段《かいだん》をのぼっていきます。よしろうもあとにつづきました。

そこは天井《てんじょう》のひくい、物置《ものおき》のようなへやでした。うす暗《ぐら》いへやの中《なか》には、いくつも木《き》の箱《はこ》がつみあげてあり、たんすや古《ふる》いテレビやせんぷう機《き》、そうじ機《き》なんかもあります。

「こっちだよ」と、こうじくんはまたいって、そのいろいろな物《もの》のあいだをとおって、黒《くろ》いどっしりとしたたんすの前《まえ》まで行《い》きました。

「びっくりしても、大《おお》きい声《こえ》を出《だ》しちゃだめだよ」

こうじくんはとってもまじめな顔《かお》でそういいました。

それからこうじくんはたんすの引《ひ》き手《て》に手《て》をかける
と、ゆっくりとたんすをあけました。

引《ひ》き出《だ》された引《ひ》き出《だ》しの中《なか》には、おどろいたことに海《うみ》がありました。さいしょは模型《もけい》かなとおもったよしろうも、波《なみ》が白《しろ》い砂浜《すなはま》によせてきているのを見《み》て、おどろきました。ほんものの小《ちい》さな海《うみ》です。おもわずたんすの中《なか》の海《うみ》に手《て》を入《い》れそうになったのを、こうじくんがあわてて止《と》めました。

「だめだよ。さわることはできないんだ。見《み》てるだけ」

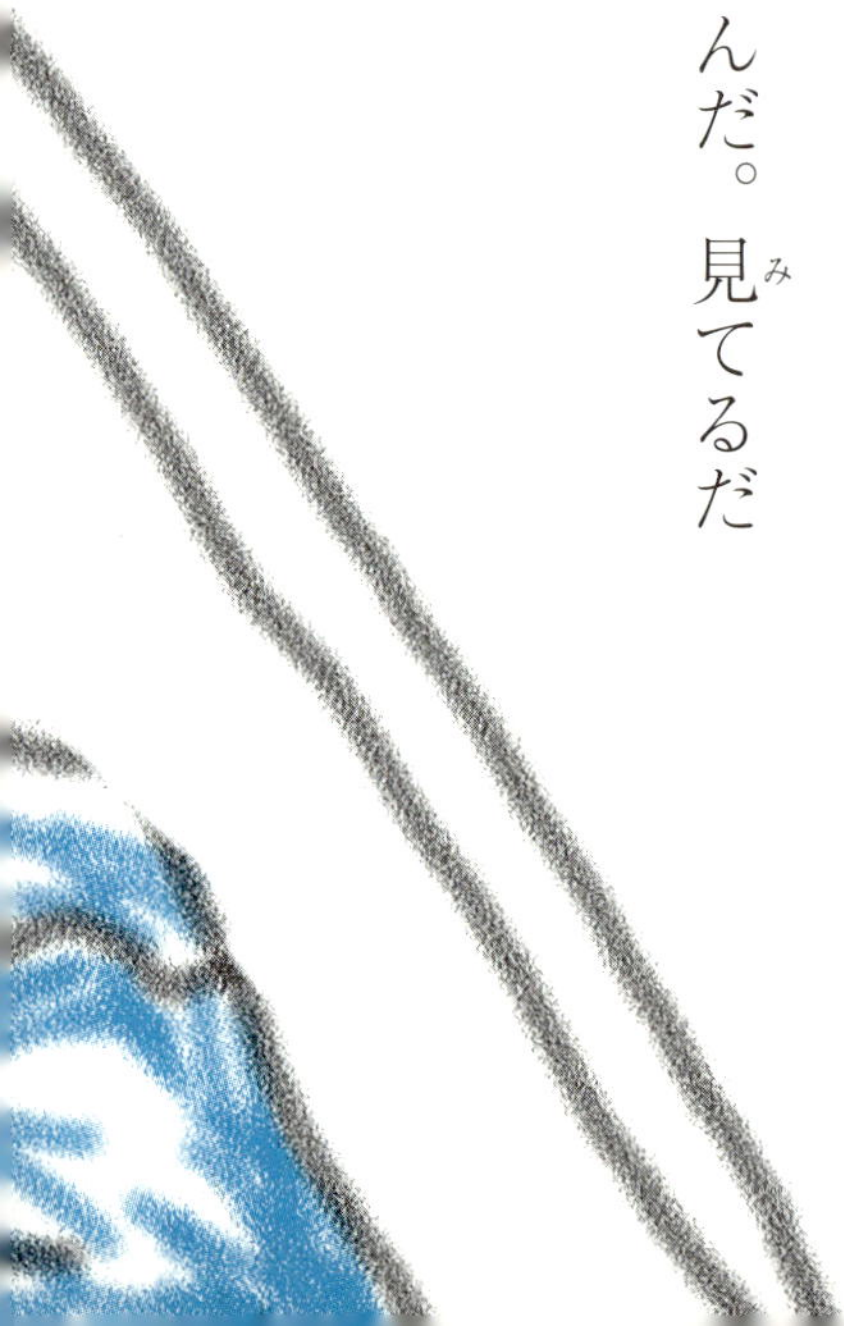

たんすの海《うみ》は明《あか》るい日《ひ》ざしをうけて、きらきらとかがやいています。波《なみ》は白《しろ》いあわをたてながら、つぎからつぎへと浜《はま》へよせてきています。かすかに潮《しお》のかおりもします。

と、むこうのほうからだれかがやってくるのが見《み》えました。ふたりの子《こ》どもです。海水《かいすい》パンツをはいています。砂浜《すなはま》をなかよくならんで歩《ある》いてきます。

しだいに近《ちか》づいてくる小《ちい》さなふたりをじっと見《み》ていると、ひょろりとやせた子《こ》は、こうじくんにそっくりだということがわかりました。ということは、もうひ

とりはよしろうかもしれません。よしろうはじっと目《め》をこらしました。いよいよ近《ちか》づいてきたのを見《み》ると、その子《こ》は、まぎれもなく、よしろう自身《じしん》でした。

ぼくが、海水《かいすい》パンツをはいている。まさか、海《うみ》に入《はい》るつもりじゃないだろうな。

よしろうはじっと、たんすの中《なか》のよしろうを見《み》つめました。

こうじくんはさっさと海《うみ》の中《なか》に入《はい》っていきます。海《うみ》の水《みず》で顔《かお》を洗《あら》い、ざぶんと水《みず》の中《なか》にからだをなげだしました。

それをよしろうは砂浜《すなはま》で見《み》ています。

海《うみ》の中《なか》から、こうじくんが手《て》まねきをしました。

よしろうはおもいきったように、そろそろと水《みず》にちかづいていきます。そして、水《みず》ぎわに立《た》つと、よせる波《なみ》をじっと見《み》つめました。

海《うみ》の中《なか》のこうじくんは、しきりによしろうになにかいっています。でも、たんすの中《なか》の声《こえ》はあんまりちいさくて、外《そと》のよしろうにはなんといっているのか聞《き》こえません。

海《うみ》べのよしろうははげしく首《くび》をふっています。海《うみ》に入《はい》るのがこわいのです。

「がんばれ」

おもわず、よしろうはたんすの中《なか》のよしろうにむか

って声《こえ》をかけました。
たんすの中《なか》のよしろうはびくっとして、それから首《くび》をぐるっとまわして上《うえ》のほうを見《み》ました。なにかを聞《き》きとろうとしているみたいに、手《て》を耳《みみ》のうしろにあてました。

たんすの中《なか》のよしろうには、外《そと》からのぞいているよしろうたちのすがたは見《み》えないようでした。

こうじくんの手《て》まねきにさそわれるように、よしろうは一歩《ぽ》二歩《ほ》と海《うみ》の中《なか》に入《はい》っていきました。

もうちょっと、もうちょっと。よしろうはよしろうの背中《せなか》をおすような気《き》もちでじっと海《うみ》の中《なか》のよしろうを見《み》つめました。

さらにもう一歩《ぽ》、もう一歩《ぽ》。でも、そこで、よしろうの足《あし》はぴたりととまってしまいました。

そして、せっかく海《うみ》に入《はい》っていたのに、するするっとあともどりしてしまいました。

海《うみ》の中《なか》のこうじくんも砂浜《すなはま》にあがってきました。そしてふたりはじっと見《み》つめあいました。

そのふたりを、よしろうとこうじくんはじっと見《み》おろしていました。これからどうするんだろう。かえってしまうんだろうか。よしろうは、たんすの中《なか》のよしろうがしんぱいでたまりませんでした。かえってほしくはないけれど、でも海《うみ》に入《はい》るのはなんだかこわい気《き》がします。

と、たんすの中《なか》のこうじくんがしゃがみました。そして、砂《すな》をほりはじめました。こうじくんはよしろうに、なにかいっています。

よしろうもそばにしゃがんで砂《すな》をほりはじめました。そしてほった砂《すな》をつみあげています。なにかをこしらえようとしているようです。手《て》のひらで砂《すな》をすくってはつみあげ、手《て》でたたいてかためています。

「わかった。お城《しろ》をつくってるんだ。ぼくも海《うみ》に行《い》ったら、かならずお城《しろ》をつくるよ」

こうじくんは小《ちい》さな声《こえ》でささやきました。それから「ぼく、ちょっと下《した》におりてくる」というと、よしろ

うのそばをはなれ、へやを出《で》ていきました。

ひとりのこされたよしろうは、じっとたんすの中《なか》を見《み》つめていました。さんさんと日《ひ》があたり、白《しろ》い小《ちい》さなカモメがつういとよこぎっていきました。でも、ふたりはカモメにも気《き》づかず、ねっしんにお城《しろ》をこしらえています。

よしろうは、ふと、たんすのほかの引《ひ》き出《だ》しはどうなっているんだろうと気《き》になりました。

そっと、上《うえ》の段《だん》をあけてみました。シャツやズボンが入《はい》っていました。こんどは下《した》の段《だん》をあけてみました。タオルやシーツが入《はい》っています。海《うみ》が入《はい》っているのは、やはりこの一段《だん》だけのようです。

こうじくんがもどってきました。手《て》にアイスクリームをふたつもっています。

「海《うみ》を見《み》ていたら、アイスクリームが食《た》べたくなったよ」

ひとつをよしろうにわたし、ふたりは暗《くら》がりでアイスクリームを食《た》べました。

見《み》ると、海《うみ》べのお城《しろ》は完成《かんせい》にちかづいていました。りっぱな城《しろ》です。たんすの中《なか》のふたりは砂《すな》だらけになって、でもまんぞくそうにお城《しろ》を見《み》おろしています。それを見《み》ていたよしろうは海《うみ》の変化《へんか》に気《き》づきました。海《うみ》がさっきよりもせりあがってきているのです。潮《しお》がみちてきているのです。

水《みず》はお城《しろ》のすぐそばまできていました。波《なみ》がざぶんとよせています。波《なみ》はできたばかりのお城《しろ》を少《すこ》しくずしました。たんすの中《なか》のよしろうは、あわてて両手《りょうて》をひろげ、お城《しろ》を守《まも》るしぐさをしました。

またざぶんと波《なみ》がよせました。よしろうはお城《しろ》のそばからうごきません。

また波《なみ》がざぶんとよせました。波《なみ》はお城《しろ》をまた少《すこ》しくずし、それからよしろうの足《あし》をぬらしました。よしろうはうごきません。

波《なみ》は何度《なんど》も何度《なんど》もよせては、少《すこ》しずつお城《しろ》をくずしていきました。よしろうはそれをじっと見《み》つめていました。

やがて、波《なみ》はついにお城《しろ》をのみつくしてしまいました。そして、そのときにはよしろうは海《うみ》の中《なか》に立《た》って

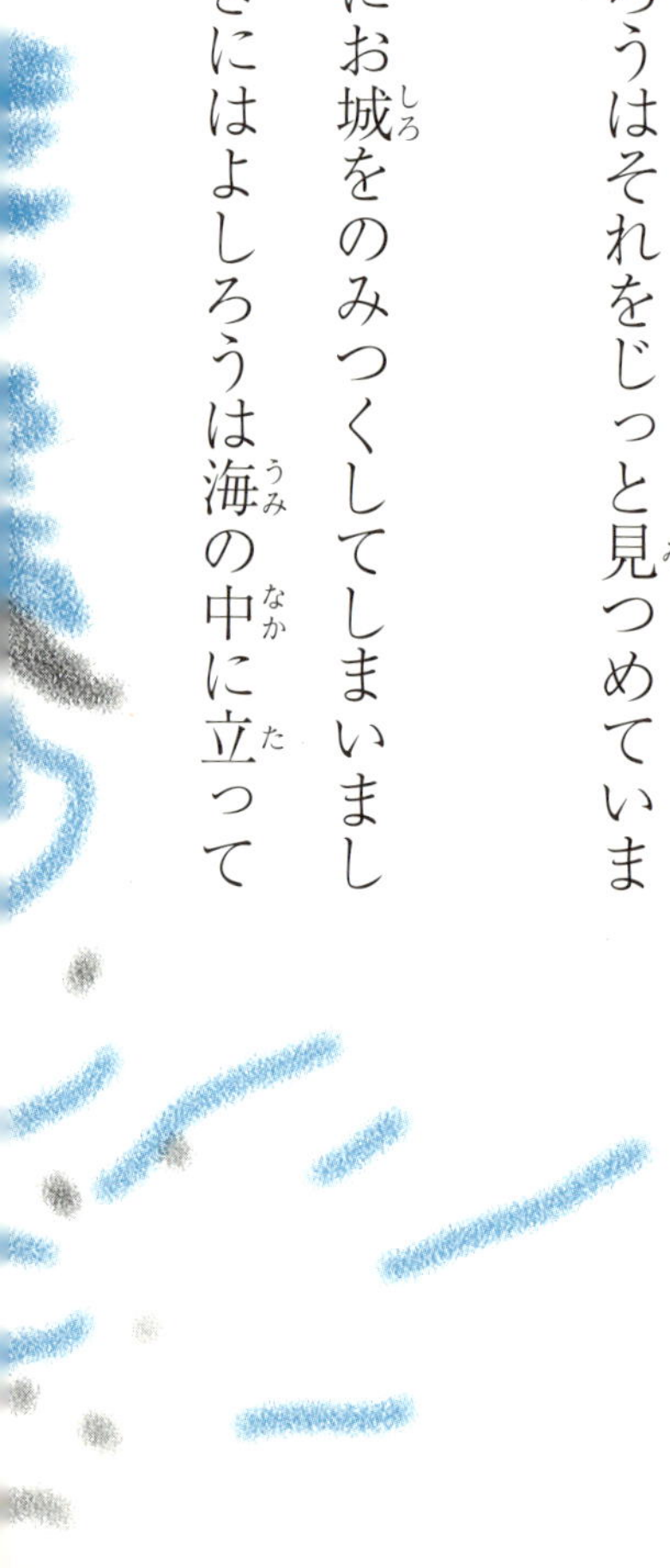

いました。

よしろうは一歩《ぽ》二歩《ほ》と海《うみ》の中《なか》を歩《ある》きました。すこしずつ深《ふか》いほうへと歩《ある》いていきます。

こうじくんはよしろうになにかいいながら、海《うみ》の中《なか》にからだをしずめました。

そのこうじくんをよしろうはじっと見《み》つめています。ひざの深《ふか》さのところに立《た》っていたよしろうは、やがて、そろそろと水《みず》の中《なか》にしゃがみました。

海《うみ》の水《みず》で顔《かお》をあらい、うでをぬらしました。

それからよしろうは、また少《すこ》し深《ふか》いほうへとうごきました。

夕方《ゆうがた》になるまで、たんすの中《なか》のよしろうは海《うみ》の中《なか》にいました。泳《およ》ぐことはできませんでしたが、顔《かお》を水《みず》につけたり、腰《こし》まで水《みず》につかってよせてくる波《なみ》にあわせて水《みず》の中《なか》でちいさくジャンプしたりしました。

たんすの中《なか》の海《うみ》がだいだい色《いろ》にかがやきはじめました。夕日《ゆうひ》がさしているのです。海《うみ》の中《なか》からふたりは砂《すな》浜《はま》へとあがってきました。よしろうはしきりにこうじくんにはなしかけ、わらっています。はなしながらふたりはならんで、砂浜《すなはま》のむこうのほうへと歩《ある》いていきました。

だれもいなくなった海《うみ》べに、しずかに波《なみ》がよせていました。

こうじくんは、そっとたんすをしめました。

「ありがとうね」と、よしろうはいいました。

水泳《すいえい》の時間《じかん》になりました。

朝《あさ》から、よしろうはどきどきしていました。このまえのたんすの海《うみ》に入《はい》ったよしろう自身《じしん》のことが頭《あたま》からはなれなかったのです。あのよしろうはそろそろと、でも勇気《ゆうき》をだして海《うみ》の中《なか》に入《はい》っていきました。

よしろうは手《て》さげからとりだした海水《かいすい》パンツにきがえました。おなかはほんの少《すこ》ししわしわといたんでいます。はだかの胸《むね》がすうすうします。

プールにむかうみんなの一番《いちばん》うしろから、よしろうもプールにむかいました。胸《むね》はどきんどきんと音《おと》をたてているようです。うでにつぶつぶのとりはだがたち、足《あし》はふるえていました。

まずシャワーをくぐらなくてはなりません。目《め》をとじて、おもいきってシャワーの水《みず》の中《なか》に入《はい》っていきました。からだじゅうに水《みず》がつきささるようです。息《いき》をとめて、びゅっとシャワーをかけぬけました。

じゅんび体操《たいそう》をして、いよいよプールに入《はい》るときがやってきました。

よしろうはあの海《うみ》べの砂《すな》のお城《しろ》をおもいうかべました。さらさらと砂《すな》はながれて海《うみ》へもどっていったのです。こうじくんが海《うみ》の中《なか》からよしろうをよんでくれたのです。よしろうはそっとプールに入《はい》りました。からだがぶるっとふるえました。でも上《あ》がらずに、じっとプールのはしっこに立《た》っていました。

「よしろうくん、すごいなあ」と、先生《せんせい》がほめてくれました。

よしろうはきらきらと輝《かがや》くプールの水《みず》を見《み》つめました。それから、楽《たの》しそうにみんなが泳《およ》いでいるのを見《み》ていました。いつか、泳《およ》げるようになるかもしれないという気《き》もちがわいてきました。七月《がつ》の日《ひ》ざしをうけて、よしろうはしあわせな気《き》もちでした。

水泳《すいえい》の時間《じかん》がおわって、教室《きょうしつ》にかえるとちゅう、よしろうは保健室《ほけんしつ》をのぞいてみました。こうじくんがいるかもしれないと思《おも》ったからです。でも、保健室《ほけんしつ》にはこうじくんのすがたはありませんでした。

そのあと三年生《ねんせい》のクラスに行《い》ってみました。

「こうじくん、いる?」と、たずねました。よしろうは、プールに入《はい》れたことをこうじくんに伝《つた》えたかったのです。

「こうじくん?」と、いちばん前《まえ》の席《せき》の子《こ》がいいました。「こうじくんなら、きのう転校《てんこう》していっちゃったたよ」と、その子《こ》はいいました。「遠《とお》くの町《まち》だって」

よしろうはびっくりしました。こうじくんとせっかくなかよしになれたのに、こうじくんはさよならもいわずに、どこかへ行《い》ってしまったのです。

学校《がっこう》のかえり、よしろうはあの広《ひろ》い庭《にわ》のあるこうじくんの家《いえ》に行《い》ってみました。

門《もん》はあいていました。

庭木《にわき》のあいだをとおって玄関《げんかん》まで行《い》くと、「こうじくん」と、よんでみました。

すると玄関《げんかん》のガラス戸《ど》があいて、おばあさんが顔《かお》を出《だ》しました。

「こうじはもうこの家《いえ》にはいないのよ。お父《とう》さんのお仕事《しごと》のつごうで、急《きゅう》にひっこすことになってね」と、おばあさんはいいました。

「またかえってきますか?」

「夏休《なつやす》みになったら、きっとまたあそびにくるでしょ」

「あの」と、よしろうはいいました。それからちょっともじもじしました。とってもいいにくいことでした。

「黒《くろ》いたんす、見《み》せてください」

「たんす? ああ、屋根裏《やねうら》のあの黒《くろ》いたんす? なにかあるの? 見《み》てもかまわないけれど」

そういうと、おばあさんはよしろうを家《いえ》に入《い》れてくれました。

「おじゃまします」

くつをきちんとそろえてぬいで、よしろうは家《いえ》にあがりました。そして、このまえこうじくんがつれていってくれたとおり、ひとりろうかをとおり、二階《かい》にあがり、そこからまた小《ちい》さな階段《かいだん》をのぼって、あのへやにあがりました。

黒《くろ》いたんすはありました。

よしろうはそっと二段目《だんめ》の引《ひ》き出《だ》しをあけました。

そこには海《うみ》はありませんでした。

かわりに色《いろ》あせた青《あお》いシャツが入《はい》っていました。えりがついていて、胸《むね》のところに錨《いかり》のししゅうがしてあります。シャツの下《した》には色《いろ》あせた紺色《こんいろ》の半《はん》ズボンも入《はい》っていました。両方《りょうほう》とも子《こ》ども用《よう》の服《ふく》でした。どことなく古《ふる》めかしい形《かたち》をしています。だれかがきっと夏《なつ》じゅう着《き》ていたのです。

その海色《うみいろ》のシャツとズボンをとりだしてみると、たんすの底《そこ》に小《ちい》さな貝《かい》がらがひとつありました。

よしろうは貝《かい》がらを手《て》にとりました。ここに海《うみ》があった証拠《しょうこ》です。よしろうは貝《かい》がらをそっとポケットにしまうと、海色《うみいろ》の服《ふく》をまたもとどおりたんすにもどしました。

下《した》におりると、おばあさんはにこにこわらってよしろうをまっていました。

「なにかあったの?」

よしろうはだまっていました。あそこに海《うみ》があったことは、こうじくんとよしろうのひみつです。

よしろうは貝《かい》がらの入《はい》ったポケットの上《うえ》をそっと手《て》でおさえました。

「ありがとうございました」

おばあさんにおれいをいうと、よしろうはくつをはきました。

「夏休《なつやす》みになったら、またあそびにいらっしゃい」

おばあさんはそういってくれました。

その夜《よる》、よしろうは夢《ゆめ》を見《み》ました。

白《しろ》い砂浜《すなはま》によしろうは立《た》っているのです。波《なみ》がざぶんとよせています。波《なみ》のあいだにこうじくんの顔《かお》が見《み》えています。

「おいでよう」と、こうじくんがよしろうをよびました。

「よおし」と、よしろうはいって、海《うみ》の中《なか》に入《はい》っていきました。そしてすっと体《からだ》を波《なみ》にまかせると手《て》で水《みず》をかきました。体《からだ》は水《みず》にういて、前《まえ》へすういとすすみました。

よしろうは泳《およ》いでいるのです。すうい、すうい、手《て》をうごかし、足《あし》で水《みず》をけるたびに前《まえ》にすすんでいきます。こうじくんのところまでもうすぐです。

なんて気《き》もちがいいんだろうと、泳《およ》ぎながらよしろうはおもいました。どこかでいつか泳《およ》いだことのある海《うみ》です。そうなのでした。それはたんすの中《なか》の海《うみ》そっくりの海《うみ》だったのでした。

よしろうはおもいきり手《て》を前《まえ》にのばしました。太陽《たいよう》の光《ひかり》がよしろうの上《うえ》にさんさんとふりそそいでいました。

岩瀬成子（いわせ・じょうこ）

1950年山口県岩国市近郊の盆地玖珂町で生まれ育つ。高校卒業後、役場や広告代理店などに勤務の後、1974年頃児童文学に出会い、京都の聖母女学院短期大学の聴講生となり児童文学を学ぶ。1977年のデビュー作『朝はだんだん見えてくる』（理論社）で日本児童文学者協会新人賞、その後『「うそじゃないよ」と谷川くんはいった』（PHP研究所）で小学館文学賞、産経児童出版文化賞、『ステゴザウルス』（マガジンハウス）『迷い鳥とぶ』（理論社）二作で路傍の石文学賞、『そのぬくもりはきえない』（偕成社）で日本児童文学者協会賞を受賞。他に『もうちょっとだけ子どもでいよう』『となりのこども』『まつりちゃん』（理論社）『だれにもいえない』（毎日新聞社）『なみだひっこんでろ』（岩崎書店）などがある。山口県岩国市在住。

長谷川集平（はせがわ・しゅうへい）

1955年兵庫県姫路市で生まれる。1976年第3回創作えほん新人賞を受賞した『はせがわくんきらいや』でデビュー。児童文学『見えない絵本』（理論社）で赤い鳥文学賞、『石とダイヤモンド』（講談社）『鉛筆デッサン小池さん』（筑摩書房）で路傍の石文学賞、『ホームランを打ったことのない君に』（理論社）で日本絵本賞を受賞。絵本に『とんぼとりの日々』（ブッキング）『7月12日』（あかね書房）『トリゴラス』『トリゴラスの逆襲』（文研出版）『大きな大きな船』『小さなよっつの雪だるま』（ポプラ社）『れおくんのへんなかお』、他に『デビルズドリーム』（理論社）『泣くなツイ』（文研出版）『絵本づくりトレーニング』（筑摩書房）などがある。1991年より長崎市在住。
https://www.cojicoji.com/shuhei/

小さな小さな海

NDC913
菊変型判 21cm 86p
2005年7月初版
ISBN4-652-00748-5

作者　岩瀬成子
画家　長谷川集平
発行者　内田克幸
編集　岸井美恵子
発行所　株式会社理論社
〒101-0062
東京都千代田区神田駿河台2-5
電話 営業 (03)6264-8890
編集 (03)6264-8891
URL https://www.rironsha.com

2021年11月第7刷発行

本作品は「中国新聞」に2004年5月29日から9回にわたり
「ちいさなちいさな海」のタイトルで掲載されたものに大幅に加筆したものです。

デザイン協力　高橋菜穂子 / シリーズマーク・デザイン　丸尾靖子